Un personnage de Thierry Courtin
Couleurs : Sophie Courtin

Loi n° 49.956 du 16 juillet 1949
sur les publications destinées à la jeunesse.
© Éditions Nathan (Paris-France), 1998
ISBN : 978-2-09-202035-7
N° d'éditeur : 10156449
Dépôt légal : mars 2009
Imprimé en Italie

T'choupi
se déguise

Illustrations
de Thierry Courtin

Nathan

Aujourd'hui, T'choupi
est très excité.
Il a décidé de se déguiser :
– Maman, maman, tu viens
m'aider ?

Dans la chambre, maman
réfléchit et demande :
– Comment veux-tu
te déguiser, T'choupi ?
– Comme le clown
du cirque ! s'écrie T'choupi.

Un clown doit forcément
être maquillé.
Maman emmène T'choupi
dans la salle de bains
et elle lui met du rose
sur les joues.

Avec un nez rouge
et un nœud papillon,
T'choupi commence
vraiment à ressembler
à un petit clown parfait.

– Pour être un vrai clown,
il te faut un chapeau,
dit maman.
– Je sais ! dit T'choupi,
je vais mettre mon chapeau
d'anniversaire.

Et surtout, un clown
a toujours de grands
pieds. T'choupi met
les chaussures de papa.
Mais, ce n'est pas facile
de marcher !

– Allez, papa et maman,
vous vous asseyez.
Le spectacle va commencer.

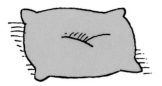

Devant papa et maman,
T'choupi fait un vrai
numéro de clown.
Il fait des galipettes
et chante à tue-tête.

T'choupi est le roi
des acrobates.
Et hop ! Il fait même
voler sa chaussure !
Papa et maman
le regardent en riant.

Comme le clown
du cirque, T'choupi salue
son public. Papa
et maman applaudissent.
– Bravo petit clown.
On s'est bien amusés.